CUENTOS ECOLÓGICOS

CUENTOS ECOLÓGICOS

SAÚL SCHKOLNIK

ilustrado por

CARMEN CARDEMIL

Primera edición, 1992
Segunda edición, 1995
Decimoctava reimpresión, 2016

Schkolnik, Saúl
Cuentos ecológicos / Saúl Schkolnik ; ilus. de Carmen Cardemil. — 2ª ed. — México : FCE, 1995
54 p. : ilus. ; 19 × 15 cm — (Colec. A la Orilla del Viento)
ISBN 978-968-16-4757-5

1. Literatura infantil I. Cardemil, Carmen, il. II. Ser. III. t.

LC PZ7 Dewey 808.068 S752c

Distribución mundial

Carretera Picacho-Ajusco, 227; 14738 Ciudad de México
www.fondodeculturaeconomica.com
Comentarios: librosparaninos@fondodeculturaeconomica.com
Tel.: (55)5449-1871

Editor: Daniel Goldin
Dirección artística: Rebeca Cerda
Formación: Neri Sarai Ugalde Guzmán

ISBN 978-968-16-4757-5

Impreso en México • *Printed in Mexico*

Índice

Yo como, tú comes, él come

Cierta flor amarilla floreció junto a la laguna.

Era la primera flor, hasta donde ella alcanzaba a ver, que florecía.

El viento inclinó su largo tallo, y la flor se contempló en el agua quieta y habló a los grillos.

—¡Qué maravillosa soy! —les dijo—, ¡y qué importante! ¿Saben que el agua de la laguna, la tierra, toda esta planta con sus raíces, el sol y el aire, todos, todos trabajan para que yo exista?

—*Chirrrr* —contestaron los grillos.

En ese momento, una mariposa que revoloteaba se posó en la flor.

—¡Claro que eres importante! —le dijo—, porque sirves para que yo me alimente —y con su larga trompa comenzó a beber el néctar de la flor.

—¿Quién te ha dado permiso para robar mi néctar? —preguntó ésta indignada.

—¿Permiso? —exclamó extrañada la mariposa—, pero si las flores están hechas sólo para que nosotras podamos comer —y se fue volando—... y podamos volar y ser hermosas...

Iba tan abstraída la mariposa pensando en su belleza que no se dio cuenta de que una libélula la observaba.

—¡Qué presumida! —le dijo la libélula a una lombriz—. ¡No sabe ni volar bien! —y agregó—. Por supuesto, mi vuelo es mucho más seguro —y volando directamente hacia la mariposa la cazó con sus poderosas mandíbulas antes de que ésta pudiera escapar.

Se detuvo en una piedra junto a la laguna.

—Puede ser que tengas lindos colores —añadió—, pero tienes mejor sabor —y se la comió.

Desde el fondo de la laguna, dos sapos contemplaban la escena.

—¡Mira esa libélula! —le dijo el sapo viejo al sapo gordo—. Se está comiendo a la mariposa. ¿Creerá acaso que las mariposas son para comer?

La libélula, posada en la piedra, permanecía muy quieta tomando el sol.

—No sé —le contestó el sapo gordo, que era muy conversador y glotón, al sapo viejo—. Lo que sí sé, es que las libélulas son un bocado delicioso.

Y desdoblando su larga y pegajosa lengua atrapó a la libélula y se la comió de un solo bocado.

—Nunca he probado comer mariposas —agregó; pero el sapo vie-

jo, notando un ligero movimiento en el agua y presintiendo un peligro, se alejaba, y hacía bien, porque la tenue agitación del agua la había ocasionado una culebra deslizándose en la laguna.

—Por lo demás, ¿a quién le pueden importar las mariposas? —continuaba diciendo el sapo gordo sin darse cuenta de que su amigo ya no lo escuchaba—, cuando lo interesante es que haya muchos bichitos para que nosotros los sapos, los amos de la laguna, podamos comer y saltar y comer y croar y comer y…

Tan distraído estaba el sapo hablando sobre las cosas apetitosas para comer, que no sintió la presencia de la culebra hasta que ya fue muy tarde.

Abriendo su enorme boca, la culebra se tragó al sapo.

—¡Qué tontos son todos estos animales! —dijo—. Se creen tan importantes, cuando en verdad no son más que un poco de comida para mí, que soy la más astuta, la mejor cazadora, la más elegante de todas las criaturas.

Ya anochecía en la laguna y todos los animalitos que durante el día correteaban, se ocultaban en sus madrigueras o en pequeños rincones para pasar la noche, y todos los animales que durante el día habían dormido, comenzaban a despertar para buscar su alimento.

Una lechuza, parada en la rama baja de un árbol cercano, ya había abierto los ojos, e inmóvil, había oído a la culebra y la había visto comerse al sapo y luego quedar flotando perezosamente sobre el agua.

—¡*Uhu*! —dijo la lechuza—. Ahí está mi desayuno —dijo reflexionando—: ¡Qué privilegiadas somos las aves, que vemos desde lo alto el ir y venir insensato de las pobres criaturas terrestres!

—¡*Uhu*! —le contestó el viento del anochecer.

—Sí señor, lo que yo hago —continuó la lechuza— sí tiene sentido y está muy bien calculado.

La culebra hizo un movimiento y la inexperta lechuza, que no le había quitado la vista de encima, se dejó caer sobre ella y la apresó con las garras y el pico.

La culebra murió casi al instante, pero con la cola hirió gravemente un ala de la impetuosa y torpe lechuza.

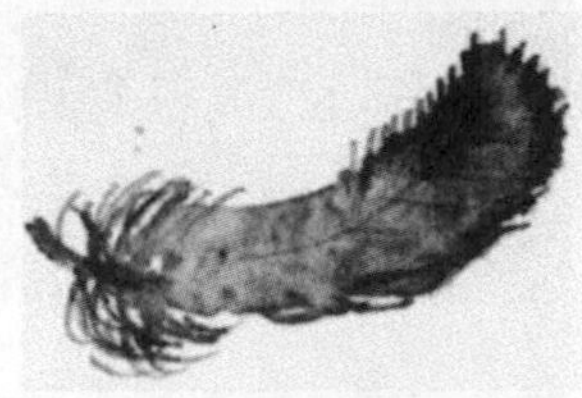

Sin embargo, aun herida, ésta logró llegar a la orilla y allí se comió a la culebra, pero al no poder volar, se echó al suelo.

Esa noche llovió con fuerza y la lechuza murió a causa de su herida, del frío y de la humedad.

La lluvia produjo derrumbes y el cuerpo quedó cubierto de tierra y piedras junto a la laguna.

En poco tiempo, debido al trabajo de las bacterias, los restos del ave se convirtieron en abono.

Abono que las raíces de una planta recogieron disuelto en el agua y enviaron al otro extremo, en donde una pequeña flor amarilla florcció.

—Qué maravillosa soy —les dijo a los grillos—, y qué importante. ¿Saben que el agua de la laguna, la tierra, toda esta planta con sus raíces, el sol y el aire, todos, todos trabajan para que yo exista?

—*Chirrrr* —contestaron los grillos.

En ese momento, una mariposa que revoloteaba se posó en la flor…

¿Y si no fuera un cuento?

En medio de un inmenso océano había una isla.

Era una isla hermosa, con grandes árboles y suaves arroyos.

Distintas especies de animales habitaban en ella, y también vivían allí dos pescadores, Arsenio y Pedro, con sus familias.

Salían todos los días a pescar, y por las tardes conversaban con sus mujeres y jugaban con sus hijos.

Un día, al volver de la pesca, vieron en la playa un pequeño cangrejo rojo con una patita herida que trataba con dificultad de llegar al mar.

—Mira —señaló Arsenio—, un cangrejito con una pata lastimada.

—Ayudémoslo —dijo Pedro y tomándolo lo llevó hasta el agua.

—Muchas gracias, amigos míos —dijo el cangrejo rojo.

Ambos pescadores se dieron vuelta y lo miraron, sin creer en lo que habían oído.

—Por favor, permítanme que yo les ayude a ustedes —dijo hablando nuevamente el cangrejo, pero no recibió respuesta, ya que los pescadores no atinaban a contestar—. Bueno —agregó entonces— si no desean nada por el momento, no importa; pero recuerden, cuando quieran algo, no tienen más que acercarse a la orilla del mar y pedírmelo. Entre mis hermanos y yo podemos fabricar cualquier cosa, usando, por supuesto, los materiales que hay en esta isla en que vivimos —y dicho esto, se sumergió.

Los pescadores regresaron a sus cabañas muy desconcertados, pensando que todo lo habían soñado.

Como ese día la pesca no había sido muy provechosa, la comida fue escasa, y lo mismo sucedió al día siguiente...

Fue por eso que Arsenio decidió pedir un deseo, pero no se lo contó a nadie por temor a que se rieran de él. Caminó hasta la playa y se agachó junto al agua para poder hablar en voz baja, pensando siempre que era muy tonto lo que estaba haciendo.

—Cangrejito rojo —llamó—, ¿me oyes…? Este… si me estás oyendo, me gustaría pedirte algo para nuestra comida…

"*Clip clap, clip clap, clip clap*", oyó, como si fueran muchos pasitos, y dos enormes pescados aparecieron a sus pies en menos tiempo del que se demoró en pestañear.

Feliz, recogió los pescados y corrió a su cabaña. Por el camino encontró a Pedro.

—¿Qué llevas ahí? —preguntó éste.

—Toma —dijo Arsenio dándole uno de los pescados—, es para ustedes.

—Pero… ¿de dónde has sacado esto? —volvió a preguntar Pedro, sabiendo que su amigo no había salido a pescar.

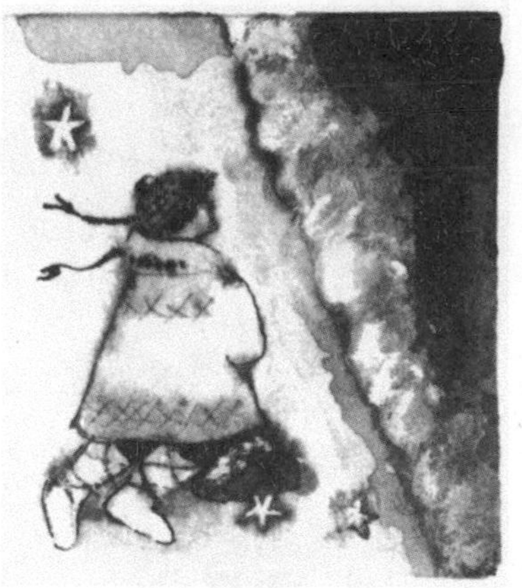

—¡No me lo vas a creer! —contestó Arsenio—, pero fue ese cangrejo rojo, ¿te acuerdas?, quien me los dio.

—¡Entonces era verdad lo que prometió! —exclamó Pedro y, devolviéndole su pescado a Arsenio, corrió a la orilla. Mientras corría, pensaba: "¡Qué tonto es

Arsenio! ¿Para qué pedir pescado crudo, cuando lo puedo pedir listo para comer?"

—Cangrejo rojo —pidió—, deseo que me sirvas una buena comida.

"*Clip clap, clip clap, clip clap*", oyó y, a sus pies, apareció una deliciosa comida para toda la familia en menos tiempo del que se demoró en pestañear.

Inelia, la mujer de Arsenio, que limpiaba sus pescados, vio pasar a Pedro con la comida ya guisada.

—Pedro sí es un hombre inteligente —le dijo enojada a su marido—, él pidió la comida hecha.

—Pero Inelita… —trató de justificarse Arsenio.

—Mañana irás donde está ese cangrejo y le pedirás no sólo comida, sino también ropa y zapatos nuevos. ¡Buena falta nos hacen!

Así lo hizo Arsenio al día siguiente.

"*Clip clap, clip clap, clip clap*", oyó y en un instante

aparecieron dos pescados y algunas matas de algodón y un carnero salvaje, y en otro instante todo fue preparado y curtido y tejido y cortado y cosido y... en menos tiempo del que se demoró en pestañear ¡ahí estaba la comida exquisita, la ropa nueva y los zapatos brillantes para toda la familia!

Por su parte, Andrea y Pedro decidieron pedir no sólo ropa y zapatos nuevos, sino también muebles y ropa de cama.

"*Clip clap, clip clap, clip clap*", se oyó, y otro carnero salvaje cayó muerto, y fueron abatidos algunos árboles y cosechadas algunas plantas, y Andrea y Pedro tuvieron mucha comida, ropa y muebles nuevos en menos tiempo del que se demoraron en pestañear.

Arsenio pensó que si el cangrejo podía fabricar muebles, también podría construir una casa.

—Cangrejo —le ordenó—, me construirás una casa de piedra.

Y tuvo su casa de piedra.

Andrea quiso tener una más grande y el cangrejito se la construyó.

Y comenzó una verdadera competencia entre ambas familias. Si una pedía doce platos, la otra exigía veinticuatro; si una quería una torre para su casa, la otra reclamaba un castillo.

—Pedro —le dijo un día su esposa—, pasó Arsenio con unos tenedores de oro. Yo también los quiero.

Fue Pedro a la orilla y le pidió al cangrejo unos tenedores y cuchillos de oro.

—Lo siento —fue la respuesta en esa ocasión—, pero el oro se acabó, te los daré de plata —y le dio tenedores y cuchillos de plata.

Por supuesto, Andrea se disgustó mucho y retó a Pedro.

Arsenio, enterado de lo que había sucedido, decidió proteger sus tenedores y cuchillos de oro de la codicia de sus vecinos.

—Cangrejo —le pidió—, necesito unas rejas fuertes para defender mi castillo.

"*Clip clap, clip clap, clip clap*", oyó, y nuevos túneles y pozos se abrieron en la isla; el metal fue fundido y las rejas hechas y colocadas en menos tiempo del que Arsenio se demoró en pestañear.

Pedro, que tenía un castillo tan grande como el de Arsenio, al ver las rejas que aparecían en el castillo de su vecino, pidió rejas más fuertes y resistentes, y además un cañón para defenderse.

Y Arsenio pidió varios cañones y Pedro exigió... hasta que un día se encontraron por casualidad a la orilla del mar. Mirándose con recelo y desconfianza cada uno empezó a pedir nuevas cosas.

—Vengo a ordenar nuestra cena y deseo que me cambies todos los manteles por otros más finos —pidió Arsenio.

—Yo quiero todo eso y, además, otro juego de muebles para nuestro segundo comedor —exigió Pedro.

—Y yo quiero... —dijeron ambos al mismo tiempo, pero fueron interrumpidos por el cangrejito rojo que se había asomado fuera del agua.

—Lo lamento —les dijo—, pero ya nada más puedo hacer por ustedes.

—¡Cómo! —exclamó indignado Arsenio—. ¿Acaso no vas a cumplir tu promesa?

—No es culpa mía —explicó el cangrejo—. Yo les dije que podía darles lo que quisieran, siempre que tuviéramos los materiales necesarios para fabricarlo.

—Muy bien —dijo Pedro—. Entonces, ¿por qué no puedes hacerlo ahora?

—No puedo —dijo el pequeño animal—, porque ya no quedan árboles, ni minerales, ni plantas, ni animales. Ya no queda nada. La isla es sólo una roca desnuda.

Pedro, Arsenio, Inelia y Andrea miraron sorprendidos a su alrededor. Hacía mucho tiempo que no miraban la isla, preocupados como habían estado por tener y tener más cosas. El cangrejo rojo tenía razón, estaba sólo la roca desierta, sin aves, ni vegetación; solamente dos enormes y arrogantes castillos de piedra.

—¿Sabes, Arsenio? —dijo Pedro—, no sé para qué quise tener rejas y cañones.

—Nos sobran piezas y muebles —reconoció Inelia—, y también ropas y adornos.

—Creo que hemos destruido nuestra isla pidiendo cosas que no necesitábamos —dijo apenado Arsenio—. Hemos derrochado todos sus recursos y bellezas creyendo que eran inagotables.

—¡Ojalá pudiéramos recuperar nuestra hermosa isla! —dijeron todos, pensando en lo mismo.

—¿Puedes concedernos un último deseo? —preguntaron.

—Siempre que sea transformar una cosa en otra, puedo hacerlo —les contestó el cangrejo.

—Sí, sí —dijeron todos a un tiempo—. Lo que queremos es que vuelvas a cambiar todas las cosas, para que la isla sea nuevamente lo que era antes de que te conociéramos.

—Pero desaparecerán los castillos, los muebles elegantes y casi todo lo que ahora poseen —les advirtió el cangrejito rojo, y como ellos estuvieron de acuerdo...

"*Clip clap, clip clap, clip clap*", oyeron como si fueran

miles de pasitos recorriendo la isla. Y desaparecieron los castillos, las rejas y todas las cosas elegantes y superfluas; y reaparecieron los grandes árboles y los animales salvajes, y se llenaron los túneles y los pozos. La isla reverdeció quedando como antes había sido.

También aparecieron las cabañas, las ropas sencillas y los pequeños botes, y todo sucedió en menos tiempo del que se demoraron en pestañear.

—Gracias, cangrejito —le agradecieron—. ¡Muchas gracias! Ahora aprovecharemos, sin abusar, de las riquezas de nuestra isla —y se encaminaron hacia sus hogares.

Pero Arsenio quedó pensativo, y dirigiéndose al cangrejo, le preguntó:

—Dime, ¿cómo has podido lograr que todo vuelva a ser como antes?, ¿cómo has podido hacer para que el tiempo haya retrocedido?, ¿cómo has podido hacerlo?

Y contestó el cangrejo mientras se sumergía:

—He podido hacerlo, porque sólo se trata de un cuento.

El congreso de los sabios tontos

Allá en lo más profundo e impenetrable de la selva. Allá donde ningún valiente explorador ha podido jamás llegar. Allá donde los animales tienen su reino...

Allá se celebró un congreso.

Habían sido llamados los sabios más afamados de toda la comarca.

Estaban el Mono con lentes gruesos, el Elefante cargado de años, la Lechuza de ojos grandes y la Jirafa muy sabia porque ve desde arriba todo lo que sucede.

El representante más sabio de cada especie animal había llegado hasta ese congreso.

(Me preguntarás: ¿Por qué se habían reunido tantos sabios animales? Lo habían hecho para discutir la manera de mejorar la vida de los animales que allí vivían.)

Cuando todos los sabios estuvieron reunidos, tomó la palabra el Mono sabio y su discurso fue así:

—Estimados colegas que habéis llegado desde todo el

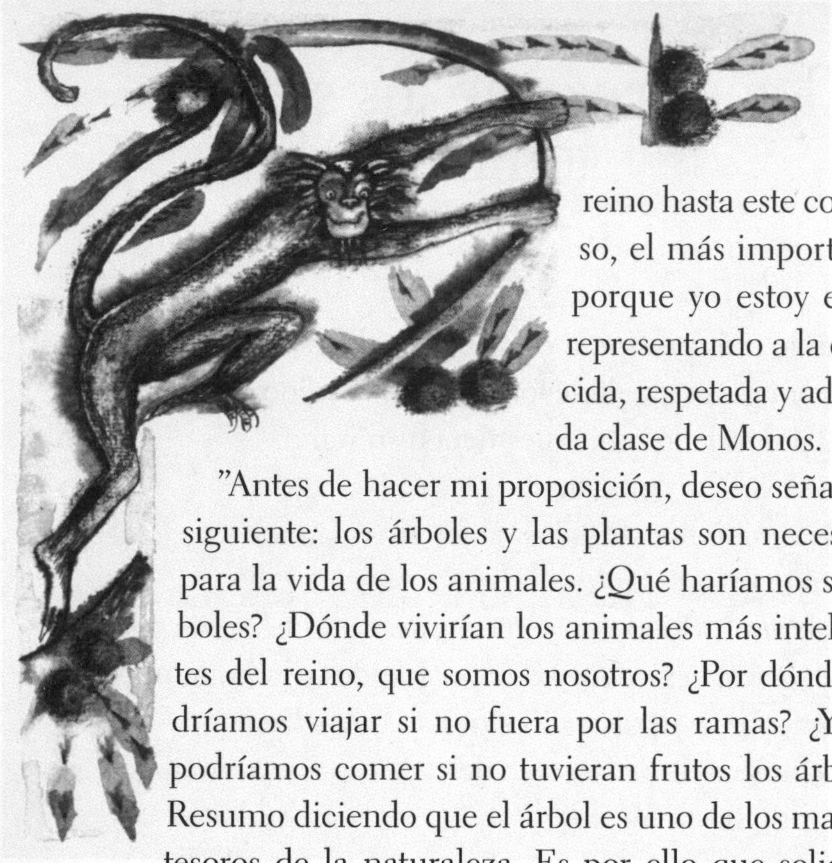

reino hasta este congreso, el más importante, porque yo estoy en él, representando a la conocida, respetada y admirada clase de Monos.

"Antes de hacer mi proposición, deseo señalar lo siguiente: los árboles y las plantas son necesarios para la vida de los animales. ¿Qué haríamos sin árboles? ¿Dónde vivirían los animales más inteligentes del reino, que somos nosotros? ¿Por dónde podríamos viajar si no fuera por las ramas? ¿Y qué podríamos comer si no tuvieran frutos los árboles? Resumo diciendo que el árbol es uno de los mayores tesoros de la naturaleza. Es por ello que solicito a este congreso que se planten muchos árboles para que nosotros los Monos podamos vivir mejor. Es importante indicar que no vale la pena que los árboles tengan hojas, pues basta que tengan ramas para saltar de una a otra y frutos para comer.

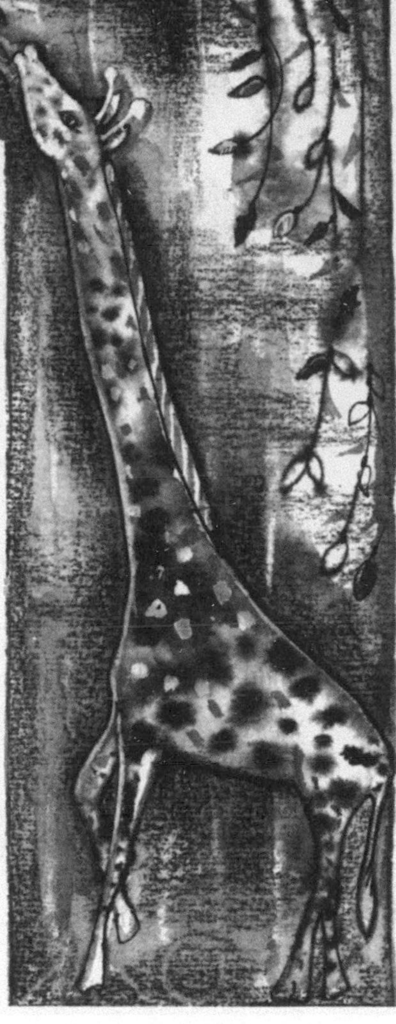

Terminó de hablar el Mono y todos prorrumpieron en grandes aplausos.

Cuando se hubo calmado algo el ruido, la Jirafa sabia pidió la palabra y con voz suave y profunda dijo así:

—Admirados colegas: primero quiero felicitar al Mono sabio por su claro y brillante discurso. Debo agregar, además, que estoy de acuerdo con que se planten muchos árboles en nuestro reino, para el bien de todos sus animales.

"Sin embargo, aunque estimo muy justo que los árboles tengan ramas y frutos, creo que es muchísimo más importante que tengan hojas. Hojas que nosotras las

Jirafas usamos como alimento. Por eso digo yo: plantemos árboles con muchas hojas.

—Más importantes son las ramas y los frutos —la interrumpió el Mono.

—Basta que tengan hojas —aseguró la Jirafa.

El Pájaro carpintero sabio, golpeando en su escritorio, *toc-toc*, los interrumpió así:

—Animales: en nombre de los Pájaros carpinteros, saludo a este congreso que se ha reunido para elevar las condiciones de vida de nuestro reino animal. Debo señalar que la discusión que ha surgido no tiene razón de ser. Creo que es posible y, aún más, aconsejable, plantar como se ha propuesto, muchos árboles que tengan ramas, frutos y hojas para que así todos queden contentos.

Grandes aplausos indicaron lo acertado de este discurso.

Dando unos golpecitos, *toc-toc*, el Pájaro carpintero siguió diciendo:

—Lo importante, en cualquier caso, es que los árboles tengan troncos grandes en donde los Pájaros carpinteros podamos golpear, *toc-toc* —y se calló.

Algunos asistentes aplaudieron.

Entonces una Cabra sabia, saltando al centro de la reunión, dijo así:

—Un momento. Muy de acuerdo en que no haya diferencias. Todos queremos una vida mejor. Deseo hacer una pequeña observación. De acuerdo en que haya ramas. De acuerdo en que haya frutos y hojas. Pero el tronco debe ser lo más corto posible para que nosotras las Cabras podamos alcanzar las hojas. Ustedes —y señaló a la Jirafa— pueden agachar la cabez para comer. Nosotras no podemos alcanzar las hojas altas. Ustedes —y señaló al Pájaro carpintero— pueden pararse en el suelo a golpear el tronco. Y ustedes —y señaló ahora al Mono— pueden saltar por las ramas sin temor a golpearse muy fuerte si se caen al suelo.

—No estoy de acuerdo —dijo la Jirafa sabia—. Nos dolería mucho el cuello de tanto agacharnos.

—Yo tampoco estoy de acuerdo —dijo el Pájaro carpintero sabio—, pues nuestras patitas no pueden estar en el suelo, necesitamos afirmarnos en el tronco.

—Y yo estoy en total desacuerdo —afirmó enojado el Mono sabio—. En primer lugar, no nos andamos cayendo de las ramas, y en segundo lugar, no tiene ninguna gracia saltar tan cerca del suelo.

Empezaron a discutir entre los cuatro, hasta que un relincho los hizo callar. Era la Cebra sabia que, levantándose, dijo así:

—Colegas, colegas, me extraña mucho vuestra actitud. Estáis peleando por algo sin importancia. Quiero proponer que se ordene nuestra discusión, que se hagan primero todas las proposiciones y luego que se discutan.

—Muy bien, muy bien —dijeron muchos animales sabios—. Así es como debe hacerse.

—Aprovecho entonces —continuó la Cebra— para hacer mi proposición, que tiende a mejorar la vida de nuestro pueblo. Y la hago a nombre de los que vivimos en las praderas: mi proposición es que se corten muchos árboles para que la pradera sea más amplia y podamos correr libremente.

—¡Bravo, bravo! —gritaron entusiasmados todos los animales sabios de las praderas y estuvieron gritando un buen rato.

Los otros animales no aplaudieron.

—Quiero agregar todavía a mi proposición —añadió la Cebra— que se plante mucho pasto tierno en estas praderas nuevas, para que nosotras las Cebras que vivimos en ellas podamos comer.

Ahora nadie aplaudió.

El León sabio, aprovechando el silencio, rugió así:

—Colegas sabios, pensando en el bienestar de nuestro reino, es que estoy de acuerdo con la segunda proposición hecha en este congreso por mi distinguido colega,

la Cebra sabia —y miró a la Cebra, que retrocedió levemente—. Sobre todo en vista de que nuestros colegas del bosque no han sido capaces de ponerse de acuerdo para solicitar algo definido.

Se oyeron algunos silbidos de desaprobación.

—Estamos de acuerdo en lo fundamental —gritó la Jirafa sabia.

—Claro que sí —reafirmaron varios animales.

Entonces rugió, más fuerte, el León sabio:

—Yo acepto la segunda proposición —y bajando la voz agregó—, pero con una leve modificación: el pasto que se plante debe ser largo y seco para que los leones podamos ocultarnos al ir de caza.

—Corto y tierno —gritó la Cebra, pensando que se iba a quedar sin pasto para comer.

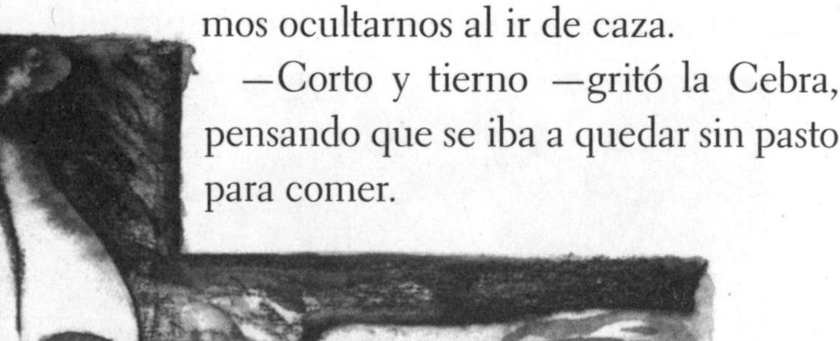

—Largo y seco —rugió el León.

—Corto y tierno —relinchó la Cebra y avanzó.

—Largo y seco —rugió avanzando el León.

—Nada de pastos. Queremos árboles altos —gritó indignada la Jirafa—. Ustedes se las pueden arreglar de cualquier otra manera.

—Eso es —la apoyó el Mono sabio—. Árboles con muchas ramas y frutos.

—No, no —insistió la Jirafa—. Nada de eso tampoco. Sólo con hojas.

—Con un tronco grande —gritó el Pájaro carpintero.

—¡No, no! —rugió el León sabio—. Haremos praderas con pasto alto y seco.

—Tierno —relinchó la Cebra.

Todos empezaron a gritar al mismo tiempo.

El Tigre, sabio y astuto, esperó que gritaran un rato y luego comenzó a hablar en voz baja. Todos se fueron callando para poder escucharlo. Entonces el Tigre habló así:

—Queridísimos colegas sabios. ¿Qué pasa que no podemos ponernos de acuerdo? Si todos queremos lograr una vida mejor, ¿por qué no armonizar las diferentes opiniones?

—Eso es lo que debe hacerse —respondieron varios animales sabios.

—Yo tengo la forma perfecta de hacerlo —continuó el Tigre con voz dulce—. Se trata de plantar algo que es largo y seco, pero que tiene unas hojas tiernas cerca del suelo y también en lo alto. Sirve para balancearse y tiene un tronco con un agradable sabor dulce.

—¿Y qué es eso? —preguntaron varios asistentes.

—Muy sencillo —aclaró el Tigre sabio—. Es el bambú que crece en los cañaverales, en donde nosotros los Tigres vivimos ¡tan cómodamente! ¿Por qué entonces no pueden hacerlo ustedes?

—No sirve, es muy tieso y no deja correr —gritaron el León y la Cebra.

—Las hojas son ásperas.

—El tronco es delgado.

—No tiene ramas.

Y nuevamente se pusieron todos a gritar, y ahora también gritaba el Tigre.

El presidente del congreso tuvo que suspender la sesión porque el León sabio se quería comer a la Cabra sabia. El Mono sabio tiraba de la cola al Tigre sabio. El Pájaro carpintero sabio hacía *toc-toc* en el cuello de la Jirafa sabia. Y la Cebra sabia pateaba en el suelo.

Todos pasaron a comer alguna cosa y después del almuerzo se reanudó la sesión:

Se levantó el Camello sabio y su discurso fue así:

—Colegas —su voz era baja y profunda—. Esta mañana se han hecho dos proposiciones, y yo quiero ahora, para lograr el acuerdo unánime de este congreso, fundirlas en una sola que incluya todos los puntos de vista, para lograr así el verdadero progreso de nuestro reino.

"¿Por qué no hacemos una gran extensión de tierra, la que podríamos llenar con arena, y colocamos cada cierto trecho unos grandes oasis de pasto, otros de cañaverales, otros de árboles o arbustos?

Se calló y todos los animales se quedaron pensando, no muy convencidos.

"Tendríamos que vivir con los Pájaros carpinteros, que hacen tanto ruido", pensó la Jirafa.

"Tendríamos que vivir con las Cebras, que se comerían toda nuestra comida", pensó la Cabra.

"Tendríamos que vivir con los Leones, que son más grandes que nosotros", pensó el Tigre.

Iban a empezar a protestar, pero antes de que pudieran decir nada, un gordo Hipopótamo sabio, más tonto que todos los otros sabios, resoplando dijo así:

—Bueno… bueno… eso de las islas con diferentes plantas… me parece muy bien… todos quedarían muy felices…

—Yo no he hablado de islas, colega —lo corrigió el Camello sabio—, he dicho oasis… ¡Oasis!

El Hipopótamo sabio, que además era un poco sordo, continuó como si no hubiera oído al Camello sabio:

—Sí... sí... eso de las islas me parece muy bien... porque en vez de perder tanto espacio con arenas... es preferible un hermoso y gran lago donde los Hipopótamos podamos echarnos... y le ponemos islas para los demás...

—He propuesto un desierto —le gritó el Camello sabio indignado.

—¡Tonterías...! —contestó el Hipopótamo resoplando—. Lo que hace falta es un lago...

—Un desierto.

—Un lago.

—Desierto.

—¡Lago!

Y hubieran seguido por un largo rato discutiendo, si Sapito sabio, muy asustado, no los hubiera interrumpido así:

—Es posible que podamos llegar a un término medio, para que todos mejoremos nuestras vidas: hagamos un desierto cubierto por una delgada capa de agua. Como si fuera, por ejemplo, algo así como un pantano. ¡Son tan agradables los pantanos en donde nosotros vivimos, después de todo!

—Basta de absurdos —rugió el León—. ¡Necesitamos praderas!

—Lo que necesitamos son bosques —lo corrigió el Mono sabio.

—Desiertos —gritó el Camello.

—Lagos —resopló el Hipopótamo.

—Pantanos —dijo el Sapito sabio, pero lo dijo tan calladito que nadie lo oyó.

—Praderas —gritó otro…

—Pastos tiernos.

—Desiertos.

—Bosques.

—Montañas, océanos, praderas, desiertos, selvas, hielos.

En fin, la batalla fue en ese momento indescriptible. Cada uno gritaba a voz en cuello su proposición y se mezclaban los gritos, los rugidos, relinchos, berridos y aullidos en un alboroto tal que nadie entendía nada.

Alejándose, el sabio Elefante, sabio y anciano, moviendo su trompa comentó:

—¡Qué sabios más tontos éstos! Quieren arreglar su reino, pero cada uno piensa sólo en su propio beneficio.

—Así es —le contestó la sabia y anciana Tortuga, que también se alejaba—. Todos hablan del bien común pero a nadie le interesa. Dudo mucho que puedan ponerse de acuerdo —y se fue caminando lentamente.

El sabio Elefante también se alejó, dejando a los tontos sabios que siguieran discutiendo.

Por qué no se puede cazar un dodo

En una pequeña y montañosa isla del mar Índico, llamada Isla de Mauricio, allá por el año de 1660 vivía un tejedor famoso por la calidad de sus esteras y sombreros.

Nadie supo el secreto de la fabricación de los tejidos que él hacía. Nadie excepto yo. Y como Berto, el tejedor, murió hace ya muchos años, creo que te lo puedo contar.

En la Isla de Mauricio crecían esbeltas palmeras, de cuyos frutos, unos coquitos que tenían la cáscara dura y gruesa cubierta con una capa de fibras y que no eran mayores que un huevo de gallina, nuestro tejedor obtenía el material para sus trabajos.

—Teresa —le decía a su mujer—, vamos a ver si ya los cangrejos dejaron sus nidos.

—Ya voy Berto —contestaba ésta, y ambos bajaban a la playa y buscaban al pie de las palmeras, entre las plantas de orquídeas.

(Me preguntarás: ¿Qué tienen que ver los nidos del

cangrejo birgo con los tejidos de Berto...? Dejemos que él mismo nos cuente.)

—Éste es mi secreto, Teresa —le decía a su mujer mientras recogían nidos—, los cangrejos arrancan la fibra que cubre los cocos y la ablandan hasta dejarla convertida en suaves hebras con las que fabrican sus nidos.

—Y tú utilizas esa fibra suave en vez de la fibra dura del coco para hacer tus tejidos —decía Teresa, que admiraba la habilidad de su marido.

—Así es —contestaba orgulloso el tejedor.

Durante la primavera, la playa se cubría de orquídeas rojas y los chupamieles, unos pequeños pajarillos, revoloteaban junto a las flores, tomando su néctar.

Lo que no sabían Berto y Teresa es que los chupamieles, además de tomar el néctar de las flores, permitían la polinización de las orquídeas, pues su cabecita se impregnaba del polen de las flores y ellos lo transportaban a otras.

Las semillas de orquídea caían en las grietas de los troncos y la planta luego crecía arrastrándose por la arena.

A su vez, los chupamieles construían sus nidos en las palmeras de uno y dos años, pues no les gustaba a estos pájaros la dureza de las hojas de los árboles viejos.

—¿Qué haríamos nosotros sin las palmeras? —había preguntado en cierta ocasión Teresa.

—Mejor ni pensarlo —había respondido Berto—. Sin las palmeras no tendríamos los cocos, ni los nidos de cangrejo… mejor ni pensarlo.

¡Pero estaban los dodos!

—¡Berto... Berto...! —gritaba Teresa cuando divisaba alguno—. Ahí hay otro de esos pajarracos...

Y Berto, armado con un garrote, salía a perseguir al dodo y lo golpeaba hasta matarlo.

¿Quieres saber por qué Berto los mataba?

Pues porque el dodo se tragaba de un bocado los cocos que tanto necesitaba el tejedor.

El dodo, grande como un pavo y parecido a una paloma, corría y corría, pues no podía volar; pero como era muy torpe y pesado, siempre era alcanzado por Berto. Hasta que un día...

Sucedió que ya no hubo más dodos. Berto los había matado a todos. No quedaba ninguno. Ya nadie se comería los tan preciados frutos de las palmeras. Ya no habría más problemas.

—¡Por fin! —le dijo Berto a su mujer—. Se acabaron los dodos, no hay nada de qué preocuparse.

¡Pobre Berto! ¡No podía saber lo que sucedería!

Pasó un año... y todo parecía ir igual que de costumbre, pero algo llamó la atención de Teresa.

—¿Te has fijado, Berto, que no hay retoños de palmeras este año?

—Para qué te preocupas mujer, si hay tantas palmeras —le contestó el tejedor.

Al año siguiente sucedió lo mismo: ni un solo retoño apareció en el lugar. Entonces ambos se preocuparon un poco, pero como había tantas palmeras, pronto olvidaron aquel extraño fenómeno.

Y ahora te contaré un secreto que ni Berto ni su mujer supieron:

Yo sé por qué no aparecieron palmeras nuevas en aquel lugar; es más, por qué desaparecieron las palmeras, pues los árboles se fueron haciendo viejos y fueron muriendo, y ningún nuevo retoño volvió jamás a aparecer.

No había palmeras nuevas porque no había dodos.

Normalmente los cocos caen al suelo y después de un tiempo, como tú sabes, el embrión en su interior produce una raíz. La raíz crece y *¡plof!*, rompe la cáscara y se entierra en la arena y *¡plump!*, entonces un diminuto tallo verde sale al aire y al cabo de un par de años otra gran palmera agitará sus hojas junto al mar.

Berto creía que así debía suceder.

—Ahí están los cocos, no veo por qué no brotan —exclamaba indignado.

Pero las palmeras de la Isla de Mauricio eran de otra especie. Sus frutos, como sabemos, tenían la cáscara tan dura que la raíz, por más fuerza que hiciera, no lograba romperla... y no habría brotado ninguna palmera... pero el dodo... ¿Recuerdas que el dodo se tragaba de un bocado los pequeños coquitos? ¡Claro que él lo hacía porque era muy glotón!

Y ahora te diré lo que ni Berto ni Teresa sabían.

El coco simplemente pasaba de largo por todo el sistema digestivo del dodo. Allí, los músculos trituradores y los jugos digestivos lograban reblandecer la dura cáscara, pero no la deshacían totalmente; así es que, finalmente, el coco era eliminado junto con todo el alimento digerido y volvía a quedar en la arena.

Y entonces, *¡plof!*, la raíz lograba romper la cáscara, ahora reblandecida, y se enterraba en la arena. Y *¡plump!*, un diminuto tallo verde salía al aire y muy pronto se convertía en otra hermosa palmera.

Como puedes ver, era el dodo el que, al tragarse aquellos frutos, permitía que las palmeras se reprodujeran. Desaparecieron los dodos y no hubo palmeras nuevas.

Sin embargo, lo terrible sucedió al tercer año…

—No he visto ningún chupamiel esta primavera —le dijo Teresa a su esposo.

—Tienes razón Teresa —respondió Berto—. Bueno, seguramente volverán el año que viene.

Berto no sabía que los chupamieles no volverían. Tú sí lo sabes, pues sabes que ellos hacían sus nidos sólo en las palmeras de uno y dos años… y no había palmeras

jóvenes; por lo tanto, los pajaritos simplemente se fueron a otras partes.

Pero al irse los chupamieles, nadie polinizó las orquídeas, y al año siguiente tampoco hubo plantas de orquídeas. Y tampoco hubo nidos de cangrejos birgo, porque estos cangrejos no encontraron las plantas en dónde hacerlos.

Y al cuarto año, cuando Berto y Teresa bajaron a la playa a buscar nidos de cangrejo para usar la fibra suave, no encontraron nada.

—Berto —dijo Teresa un poco asustada—. ¿Qué habrá pasado? No hay ni un solo nido de cangrejo.

—Tienes razón, mujer. Y esto sí es terrible, porque mis tejidos ya no serán los mismos de antes, no serán tan suaves ni tan hermosos.

—Y ya no te comprarán las esteras ni los sombreros —repuso llorando Teresa.

—¿Qué habrá sucedido? —se preguntaron ambos, sin saber que ellos mismos eran los responsables de cuanto les ocurría, por haber matado a los dodos.

Ellos no lo sabían ni podían saberlo, pero tú sí lo sabes, así es que si ves alguno, cosa que no será fácil, sabrás por qué no se puede cazar un dodo.

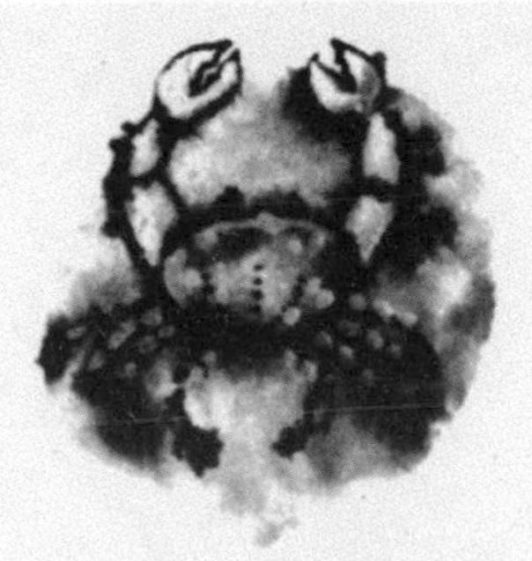

Cuentos ecológicos, de Saúl Schkolnik,
número 19 de la colección A la Orilla del Viento,
se terminó de imprimir y encuadernar en julio de 2016
en Impresora y Encuadernadora Progreso, S. A. de C. V. (IEPSA),
calzada San Lorenzo, 244; 09830 Ciudad de México.
El tiraje fue de 5 500 ejemplares.